C000128669

Paris l'instant

PHILIPPE DELERM

Paris l'instant

photographies
MARTINE DELERM

FAYARD

17 avril. Dix heures trente.
Une serre au Jardin des Plantes.

En haut des marches

ON VIENT D'EN BAS. De cette chaleur moite des entrailles du métro qui se mêle curieusement à l'impeccabilité clinique des carreaux blancs de faïence de la voûte. Le regard morne, on a marché vers la sortie – à part les deux ou trois premiers qui grimpent quatre à quatre, les autres ont pris le rythme résigné, rien ne dépasse, chaque homme reste une île. On vous a tenu vaguement la porte battante, et vous l'avez tenue à votre tour, sans lever les yeux vers le bénéficiaire. On a monté quelques marches, on n'attend rien que de poursuivre. Et tout d'un coup, c'est le haut qui vous prend, vous allège, vous enlève. Ce carré bleu en haut des marches, ce bout d'immeuble, ces branches d'arbre treillageant le ciel. À chaque fois une ivresse, une chance redonnée. On ne se savait

pas noyé, mais à la seconde on échappe à la noyade, on remonte du puits. Ah ! oui, tout recommence là, dans ces ombres allongées qui plongent au creux de l'escalier. La rumeur change, prend une fraîcheur céleste ; on ne voit pas encore une voiture, pas un passant, mais on sait qu'une vie jeune bourdonne en haut, une vie de printemps, d'été. Le cœur cogne un peu plus vite, mais les marches n'y sont pour presque rien. Il faudrait s'arrêter là, invisible, anonyme, ne pas poursuivre l'ascension pour garder ce carré parfait. On l'invente sans le savoir, on le défait de le vouloir. Qu'importe. Les derniers pas sont plus lents à présent. On respire, on reçoit la ville en pleine poitrine. Arrivé à la surface, on jette un regard satisfait sur un royaume qui déjà s'aplanit, se défait, se dilue dans trop d'espace et de destins possibles. On ne tient Paris qu'au moment de sortir du puits. Juste avant.

Des noms des tags
des murs des mots

PLAQUES D'ORIGINE, ou à la manière de…
Avec leur fond bleu, l'encadrement vert
pâle, les lettres blanches, elles font fin dix-
neuvième, petit-bourgeois en goguette, maré-
chaussée bourrue mais plutôt bienveillante.
On s'attend à voir un personnage du *Chapeau
de paille d'Italie* se retourner vers ses congénères
de noce éméchés : « Nous sommes sur une
place. Est-elle Baudoyer ? »

Sur les murs de Paris, les lettres sont des signes
de piste, des symboles. Elles ne révèlent pas de
messages définitifs, mais tentent une appréhension
fragile de la réalité. On est dans le quatrième
arrondissement, mais les mots « quatrième » et
« arrondissement » sont presque antagonistes : si
l'on est dans le Marais, le vocable d'arrondissement

semble d'un bureaucratisme dérisoire pour nommer les choses. Et quant à enfermer la rue du Petit-Musc… Comment la rue du Petit-Musc pourrait-elle tenir dans un quadrillage haussmannien ? Un sourire frondeur, un peu canaille, se moque gentiment de qui veut le récupérer. Il en va de même pour les lettres noires du tag. Le pan de mur louis-philippardisé sous la plaque officielle a été balafré à son tour par une main fiévreuse…

Angoisse existentielle, besoin maladif de laisser une trace. Paris est aussi fait de tout cela, du crépi qui s'effrite, et sous les tags, les écriteaux, des traces à jamais effacées dans le cœur mouillé de la pierre. Du sang blanc, du sang noir, des lettres et des mots.

Le soir qui vient

C'EST AU JARDIN. Ils ont parlé. Longtemps. Ils ont tiré les fauteuils dans la poussière des Tuileries, se sont installés commodément, pas tout à fait face à face – pour se parler vraiment, il faut que le regard puisse se perdre là-bas, jusqu'au bord du bassin, ou de l'autre côté, sous l'arche des marronniers.

Il avait son livre à la main, mais depuis un moment déjà il se contentait de regarder les pigeons, les enfants, les amoureux, un petit sourire aux lèvres, reculant délicieusement le moment de savourer son cigarillo. Elle, dans un premier temps, s'est agitée : chaque fois qu'un des deux enfants qu'elle accompagnait s'approchait d'elle, elle proférait d'une voix anxieuse des ordres vite transgressés, imposait des frontières aussitôt dépassées. Mais elle s'est lassée d'interdire ; alors

ils se sont fatigués de désobéir. Mais fais donc un peu attention, Camille, tu as failli bousculer Monsieur… Un petit geste conciliant. Elle est tout à fait charmante, ne la grondez pas… Ils ont lancé des phrases, à intervalles, pardonnez-moi, je n'entends pas très bien… Ils ont rapproché les fauteuils… Enfant, je jouais ici, ma grand-mère m'y emmenait… Et maintenant, c'est moi qui suis grand-mère… Moi, j'étais provincial, et je le suis resté. Je suis venu dans ce jardin il y a près de quarante ans. À l'époque, l'oral de l'agrégation durait plusieurs semaines. Entre chaque épreuve, je venais réviser sur ce banc. Je me demande comment ils font pour courir avec leur baladeur à la main…

C'est drôle comme ils étaient bien, comme ils parlaient sans gêne, à petits coups, comme ils aimaient aussi les repos de silence. L'après-midi a filé comme ça, il va falloir rentrer, les enfants, j'ai mon train pour Dijon. Ils ne se sont pas même dit leur nom. Les fauteuils sont restés. L'ombre est un peu plus longue. Il fait très bon.

Canyon du caniveau

UNE SERPILLIÈRE ENROULÉE, ficelée en travers du caniveau, juste après la bouche d'égout. Un petit barrage en somme, pour endiguer le maelström des eaux de pluie ruisselant dans la rigole, et menaçant d'envahir la chaussée au confluent. On y porte à peine les yeux en passant. On a toujours vu ça, et l'on ne s'étonne pas de voir survivre cette astuce artisanale, à l'ère de l'ordinateur.

C'est profondément Paris, cette serpillière gonflée d'eau. Un de ces points d'ancrage inconscients qui ritualisent les images. La matière, toile compacte, effilochée au coin. La couleur, gris pauvre, humilité humide, secrètement liée à la mouillure du bitume ou du pavé. Le procédé, surtout : une espèce de planification insistante du système D. Comme s'il était satisfaisant de se

dire que les problèmes de voirie ne pouvaient être réglés qu'avec un pragmatisme de bout de ficelle.

Et puis c'est une entrée en matière : en négociant le virage de la serpillière, les eaux semblent animées déjà d'une vie souterraine, un peu effrayante et triviale – elles entrent dans le ventre de Paris. Pas de honte, pas d'effacement pudibond. Ça se joue à la serpillière, emmaillotée façon sac de couchage. Les années passent, et l'on n'est pas pressé de trouver mieux. Il y a cette jubilation de tremper dans la flotte en charpie molle au coin des rues.

Images en vol

P ASSER, soumis en apparence au trafic, à ce courant qui paraît commander. À moto, pourquoi pas, pour slalomer facile entre les files, se faufiler plus libre dans la marge. Et toutes ces images une à une happées au passage, aussitôt oubliées. Oubliées ? Peut-être. Mais c'est ça le plaisir de rouler dans Paris. On fait semblant de s'effacer en avançant, de disparaître. On possède tout, le coin de grille et le muret de ce petit hôtel – pas mal, ils doivent même avoir un jardin, là, en plein septième, les salauds –, et dans le rétroviseur de droite un pan d'immeuble, un bout de ciel, cette idée de beau temps dans la rumeur. Bien sûr, on ne garde rien vraiment, tout va si vite, devant, derrière, à gauche, à droite, trottoirs, vitrines et sorties de métro. Ce sont des images en plus, cadeaux

minuscules qu'on n'attendait pas. On remercie sans y penser, sans même formuler les mots qui nommeraient les choses. On les remercie d'être là, de s'inventer, de s'abolir en même temps, de faire de Paris un incessant vertige où l'on trouve sa place par miracle, sur sa moto dans le trafic, arrêté au feu rouge ou dans l'élan repris, marronniers, quais de Seine. Juste en se laissant faire on cueille les images, on est cueilli.

8 février. Onze heures vingt.

Faubourg Saint-Antoine.

Une allégresse

Il y avait quelque chose dans l'air, ce matin-là. Ça ne s'explique pas. Ça vient deux fois par an, peut-être, au début du printemps souvent, et quelquefois à la fin de l'automne. Le ciel d'avril était léger, un peu laiteux, rien d'extraordinaire. Les marronniers ne déployaient qu'avec parcimonie leurs premières feuilles sucrées. Mais elle l'avait senti dès les premiers pas sur le trottoir, avant même d'enfourcher sa bicyclette. Une allégresse. Pas le jaillissement de la joie, pas le battement de cœur toujours un peu anxieux du bonheur. D'ailleurs, ça ne venait pas d'elle. Les kiosques à journaux, les bus, les bancs, et même l'éclat presque framboise du feu rouge, à l'angle du Boul'Mich : tout vibrait d'une satisfaction légère – la rumeur du trafic swinguait comme une chanson de Trenet.

C'était bon de pédaler, sans cette affectation de volupté cyclopédique qu'affichent souvent trop ostensiblement les citadines déhanchées sur leur selle. Non, ça venait de l'intérieur, et c'était à tenir là, mezza voce, cette sensation précieuse que tout était juste, et qu'elle bougeait simplement en harmonie dans cet accord. En descendant de sa bicyclette, en s'accroupissant pour attacher l'antivol à la grille du marronnier, elle s'arrêta un instant pour regarder à ses pieds le reflet du soleil sur la plaque de métal. Comme s'il y avait un secret là, dans cette humilité de la grille adoucie par le passage de tant de pas, et qu'un éclat de lumière attiédissait. Les choses ont du bonheur, parfois – de l'allégresse.

Faire le trottoir

SUR LE TROTTOIR, devant les boutiques, les choses s'accumulent en zone franche ; est-ce au passant, ou bien au commerçant, cette lisière subtile qui change de nature suivant les produits ?

Pour les godasses, il faut la profusion, sur des rayonnages métalliques sommaires, parfois de simples boîtes blanches. Les sandales d'été prennent le soleil, une tiédeur qui assouplit le cuir, donne envie de saisir le modèle à pleines mains, sans redouter la survenue du commerçant – on joue à la désinvolture réciproque ; le pêcheur sait qu'il ne doit pas ferrer trop tôt, mais laisser à son client la volupté de se sentir comme un poisson dans l'eau.

Devant les bazars, c'est autre chose : l'empilement semble procéder d'une nécessité physiologique.

C'est parce que ça déborde que vous trou-verez là ce que vous n'osiez plus chercher nulle part, tire-bouchon, poubelle, épluche-légumes, balle en plastique ou égouttoir.

Pour les brocantes, mine de rien, c'est plus sophistiqué : un abandon réglé au quart de poil, avec un sens de l'esthétique en nonchalant paraphe au coin du coffre ouvert.

Mais partout le même code : un effacement appuyé du vendeur, qui vous tourne le dos dans la boutique, ou même a disparu dans la réserve comme si l'absence, le silence étaient les seules imparables publicités.

Une manière d'habiter la rue, de vous la faire habiter aussi : en quelques secondes on est du quartier. Plus tard, on parlera d'autant plus qu'il y aura eu ce sas, ce seuil, cette opulence pauvre répandue sur le trottoir comme un recours à l'exiguïté rédhibitoire de Paris, un appel à la connivence.

Automne sous la bâche

DES PLANS. Des frontières. Des silences. Un rideau de matière plastique cendre la façade d'un immeuble immense. Poussière de pierre, de ciment. Grisaille en suspension. Éloignement. Froideur. Anonymat. Les hommes semblent loin, séparés dans l'angoissante transparence de la paroi légère. Mais un peu de soleil vient dans les branches d'automne, et l'image s'arrête. Le trafic tout autour n'est plus une fuite maussade, mais ce vertige vague dont on avait besoin pour cerner les contours, et flotter dans le cadre. C'est l'automne aussi devant la bâche du ravalement. C'est peut-être l'automne davantage. La ville est faite pour les gris, les bleus, le brouillard anticyclonique dilué dans l'espace. Alors, juste avant que la ville cotonneuse ne pose un voile sur le temps, il faut cette lumière au premier plan. Le long du boulevard, les taxis emmènent au hasard des touristes friqués vers leurs saisons de nulle part. Sous les feuilles abricot-miel, la sortie de l'école envahit le trottoir. Il fait encore très bon. Le soleil prend le gris avec le roux, la bâche de plastique et les cris des enfants.

Marchand d'heures

ON RÊVE TOUS au fond de tenir une échoppe sous les arcades du Palais-Royal. Coupé du monde au cœur du monde, dans cet enclos parfait ; les boutiques sont à quai, au long du port-jardin, dans un espace à jamais pacifié. On peindrait tout le jour des soldats de plomb, grenadiers, hussards, uhlans, avec un pinceau mince, un lorgnon sur le bout du nez, beaucoup de calme dans les gestes, au fond du cœur une vieille histoire d'amour jamais cicatrisée. Ou bien on vendrait des médailles, Sapeurs-pompiers du Finistère, Corps urbain des Yvelines, Mérite agricole, piquées sur des écrins soyeux, bombés, ruban mauve des palmes académiques, rouge de la Légion d'honneur… Et des timbres, pourquoi pas ? À travers les loupes de toutes formes, le voyage immobile en deviendrait plus fort encore, sur les dents déchiquetées, les arcs-en-ciel oblitérés… Mais pour traverser tout l'hiver, on vendrait des pipes, À l'Oriental. Pipes d'écume, de bruyère, pipes au foyer en forme de visage de zouave ou de marin. Lampes basses sur le bois, tout serait couleur d'ambre. De rares clients pousseraient la porte du magasin avec la solennité des initiés. Ils viendraient gravement soupeser dans le creux de leur main le pouvoir de fumer le temps, de regarder tranquillement s'enfuir les volutes de la paresse. On s'en tiendrait à des conseils pratiques, en toute fausse modestie, un peu démiurge, un peu marchand.

Noël Haussmann

QUELQUES CENTAINES DE MÈTRES sur le trottoir du boulevard Haussmann, et tout est là, dans la profusion, le luxe, la lumière, l'indifférence, la solitude, la misère. Il y a ceux qui regardent à peine, se fraient en bougonnant un passage vers Saint-Lazare. Il y a le sourire extatique des parents qui ont emmené leur progéniture voir-les-vitrines-de-Noël. Les gosses montent tour à tour sur la petite passerelle, devant les Barbie et les Kent amidonnés dans leur salon fluo, enchaînent sans faiblir avec les Pokémon, les profusions de nounours sur la banquise. Dans leur regard se lit un accablement du désir, une résignation d'émerveillement.

Comme souvent, le plaisir des enfants sert d'alibi à tout le reste, pas si joyeux, malgré les rouges et les ors, ou bien à cause d'eux. Le vent s'engouffre sous les bâches. Au bord de l'étal chatoyant un bas électrique pendouille. Le dessous féminin a sa place dans cette opulence du passage, comme le marchand de marrons chauds, le carillonneur de l'Armée du Salut. L'idée de Noël est à la fois obsédante et absente ; on cherche une odeur de clémentine ou de parfum. Noël des courants d'air, des pas précipités, des derniers cadeaux achetés à la hâte. On regarde en l'air. La nuit est si noire, si bleue, à la lisière du décor. On se bouscule. On se laisse porter. Il n'y en aura pas pour tout le monde.

Les jeux de la rampe

LES ANNÉES glissent sur la rampe. Elle est d'abord un toboggan pour les enfants. Ils s'élancent du haut des marches. Il y a toujours un moment où leur vitesse décline. Ils essaient de se relancer en se déhanchant – c'est trop tard, voici déjà le bout du rail. De toute façon, il leur faut s'arrêter avant la boule qui dépasse, sauter en amazone, sur le côté, dans les dernières marches. Au retour de l'école, ils posent les sacs, et font une série de descentes. Il y en a toujours un qui ose une espèce de cochon pendu, la tête au ras des marches. D'autres glissent le matin, solitaires, cartable sur l'épaule. Le trajet en devient plus libre, plus léger. Ils poursuivent la route en sifflotant.

Plus tard, il y a la rampe des amoureux. Il fait le clown, feint de basculer pour qu'elle pousse

un petit cri. Puis on ne glisse plus. On monte
l'escalier au milieu, on le descend de même.
Plus besoin de jouer, on est à l'intérieur et l'on
se garde, on vit sa vie. Beaucoup plus tard, un
jour, on se rapproche de la rampe. On la saisit.
On a le temps de sentir le métal, plus mat ici et
là, si vite tiède aux premiers soleils. S'il y a un
gosse qui arrive en haut de l'escalier, on s'écarte
un peu, on lui fait signe de la tête – il peut y aller.
Ce petit sourire de complicité lorsqu'il vous
croise. Il est de dos, à présent. C'est toujours au
même endroit que ça glisse un peu moins. Il va
sauter. Les pavés sont si bas. Les rampes sont
faites pour monter. Et pour descendre.

27 juin. Quatre heures dix-huit.

Place Saint-Sulpice.

La folle des cimetières

C'EST UNE VIEILLE DAME SANS ÂGE. Une espèce de folle – on dit ça à cause de ses collants de laine détendus, de cette façon qu'elle a de se resserrer dans son châle. Elle n'a pas de morts ici. Elle vient dans les cimetières seulement parce que c'est le seul endroit possible pour son genre de silence, de regard – pour cette déambulation hagarde entre les divisions – c'est très divisé la mort ici ; les gens qui viennent ont leur chemin familier, arrêt, méditation, souvent prière, détour jusqu'au point d'eau, retour à la tombe, traficotage horticole autour des fleurs en pot, même chemin pour le départ. Alors il faut des chats pour faire le lien, pour se couler entre les croix, pour se coucher sur la pierre, quand le soleil est bon. Il faut le jardinier qui fait des tas de feuilles mortes lentement. Saint-Ouen,

Montmartre, Père-Lachaise, Montparnasse. Il
faut le pont à claire-voie au-dessus du cimetière
Caulaincourt. Des lycéens de Jules-Ferry vont
passer là, parler d'amour ou d'interro de maths
en regardant le jardin de la mort en contrebas.
Il faut des rites un peu légers, des signes qui
n'ont rien à voir avec le protocole des enterre-
ments, des poussières de vie. Il faut la vieille folle
aux collants prune qui vient donner du lait aux
chats perdus. Elle vient chercher dans les allées
cette douceur sévère qui console de l'effervescence hostile de la ville – ici elle peut parler à
haute voix, elle peut se taire, ici rien n'est perdu.

Là-haut

« ÇA DOIT ÊTRE MARRANT, d'habiter là-haut ! ». Marrant, et peut-être plus. Là-haut, dans une improbable mansarde, un minuscule rien-du-tout aménagé tout courbe et tout penché, on doit mener à jamais une fin d'adolescence paresseusement créatrice, une vie de poète, en somme, mais sans obligation de production. Non, il s'agirait plutôt de dominer Paris. D'autres toits, sans doute, un square, un jardin, une cour. Peu importe. Plus que le paysage lui-même, c'est la mainmise sur le paysage qui compterait. On tiendrait tout comme ça, à l'heure où les autres n'ont plus le temps de rêvasser… Et puis, à lorgner ce fenestrou haut perché comme ça, en levant la tête dans la rue, on se dit qu'on posséderait un peu tous les remue-ménage de l'immeuble. Bien sûr,

on serait loin des orages conjugaux du couple du troisième à gauche, du ronron télévisuel ininterrompu de la veuve du premier, des cavalcades incessantes des gamins du cinquième à droite. Mais on dominerait avec désinvolture toutes ces vies d'un vieil immeuble parisien. On n'aurait même pas besoin de vivre soi-même. Simplement guetter les rumeurs familières qui glisseraient sur la rampe de l'escalier avec des vapeurs à l'étouffée, des odeurs de soupe imprégnant la moquette qui s'arrête avec les marches du sixième. Après, c'est une vie en plus, coupée des contingences et des contraintes, une vie à flâner, une vie biscornue qui se love entre deux poutres, vue sur l'infini. On ne l'aura jamais, mais on lève la tête : « Ça doit être marrant d'habiter là-haut. »

Silence du guignol

C'EST DANS LES PARCS SOUVENT, au plus profond du vert. Il y a un doute ; comme si le présent, le passé avaient du mal à faire la part de la réalité, des souvenirs. Aux Tuileries ? Mais non, tu sais bien, il s'est arrêté depuis plusieurs années. Aux Buttes-Chaumont ? On a lancé une campagne de soutien pour sa réouverture. Au Luxembourg, c'est sûr, et aux Champs-Élysées. Il ne faut pas rater son coup, faire une fausse joie aux enfants que l'on accompagne. Et puis on n'y va pas souvent, sous peine de briser le charme. Alors il y a toujours un peu de stress – j'espère que la pluie va s'arrêter, ici c'est en plein air. Va t'asseoir sur un des petits bancs, devant, tu verras mieux. Derrière il y a des chaises, ou bien l'on peut rester debout. Quelques jeunes filles au pair, des grands-

parents, et même deux touristes japonaises. On se sent un peu gourd, sous le sourire obligatoire du plaisir donné.

Le marionnettiste poursuit tranquillement ses rites, ouverture du portillon, vente des billets, déplacement des aiguilles sur la pendule pour la séance suivante. Il garde son mystère avant de disparaître dans le castelet. C'est sans doute absurde, mais on a l'impression d'une grande solitude en lui, comme si son pouvoir de tenir les enfances avait un prix secret de détachement du monde, de tristesse et de silence.

Secondes rondes comme un puits. Le rideau rouge délavé va frémir. Il y aura des peurs, des rires et des cris, des oui à peine murmurés, des le voilà trop forts. Et ce petit silence au moment de sortir.

Et dedans tout est blond

IL Y A D'ABORD ce premier bleu impalpable dans l'air. Est-il né de la première lampe allumée, ou l'a-t-il précédée ? Tout est devenu soudain plus indécis, plus fragile et plus tendre, les silhouettes ont perdu de leur poids sur les trottoirs, se sont mises à glisser comme si le destin les faisait naviguer dans une brume de ville, un film un peu mélancolique. Et puis très vite les lampes commencent à se répondre aux devantures, on quitte les jardins, le quai Montebello avant le bleu profond. Comme des insectes, on va se coller aux vitrines de lumière. Dedans est un pays d'automne, de châtaignes, de sous-bois. Dans la librairie polonaise, le violoniste flotte sur les livres comme un personnage de Chagall. Les fantassins miniatures font la guerre dans une gloire d'or éblouissante. Les angles

s'abolissent, le monde se réduit ; la chaleur, le désir se concentrent aux frontières des lampes basses, dans le courbe, le rond. Tous les restaurants font envie. Les nappes blanches damassées prennent une texture épaisse, presque crémeuse : de l'autre côté de la vitre on croit les sentir sous la main.

On mange du regard les colliers, les albums, les poulets caramel, les tartes douces aux abricots. Le moindre voile rouge prend un souffle de théâtre. Dehors le bleu est noir, et dedans tout est blond.

Le passé malandrin

ÇA SERAIT TELLEMENT DIFFÉRENT, s'il n'y avait pas l'idée de Notre-Dame. On n'y pense même pas. On ne regarde pas les tours, ou juste une seconde en passant, pour se dire que le ciel est incroyablement bleu, le dernier ravalement presque trop blanc. Mais c'est l'idée, oui, ce moyen âge invisible et présent qui nous suit rue de la Huchette. On aime bien faire semblant de jeter un coup d'œil en passant au menu des restos grecs, juste pour que le garçon bonimenteur commence à nous faire son numéro, 63 francs tout compris, tarama, moussaka, je vous offre le kir ! Pour la énième fois, on regarde l'affiche du théâtre où *La Cantatrice chauve* poursuit imperturbablement son tour de chant.

Il y a du monde, trop souvent en short, appareil photo dodelinant sur l'abdomen. Mais rien n'y

fait, ni l'oriental graillon, ni les tee-shirts publici-
taires : l'idée de Notre-Dame est là. Même sous le
ciel le plus bleu, ce sont les ombres qui comptent,
ces malandrins imaginaires vêtus de toile de jute
délavée qui vont piquer les cartes American
Express dans les poches revolver des touristes
béats. Le présent n'est qu'un avatar un peu niai-
seux, qui croit que son argent possède tout :
mais le passé lui fait les poches.

Ombres portées

RIEN N'EST PLUS FRAGILE, plus menacé. Rien n'est plus présent, plus éphémère. Pourtant les ombres de Paris semblent venir de loin. Elles projettent des images anciennes sur le grain du jour. Sur le mur blanc et nu, l'immeuble d'en face découpe en escalier ses toitons, ses lucarnes, peut-être un chat, des chambres mansardées pour étudiant à la Balzac, oui, c'est cela : une ombre dix-neuvième qui va s'évanouir au moindre coup de vent, sous le ciel tranquille et changeant. Rue Champollion, le soleil de l'après-midi installe un décor d'opérette, la grille légère du balcon où va venir chanter une ibérique beauté brune. Place Saint-Sulpice, les profils hiératiques d'une mode chic tendance en noir et blanc s'animent soudain de sentiments et de contrastes dégradés, derrière les masques impavides : il va

falloir parler une langue sans mots : l'orgueil silen-
cieux des formes trop parfaites est comme écla-
boussé par des ombres de vie. Sur Saint-Séverin,
au début du printemps, la pierre blondie de
l'église fait vibrer la silhouette de la croix austère,
la mêle dans le vitrail sourd à des mouvements de
feuilles et de branches. Est-ce la même vie qui
vient au mur de Saint-Médard, l'hiver, quand
l'arbre reflété hésite entre l'ébauche d'une croix
et celle d'une silhouette humaine ?

Et les ombres du soir, plus longues dans les
squares et sur le pavé des trottoirs… Elles prolongent infiniment des rendez-vous manqués à la
terrasse des cafés, des jeux tristement suspendus
qui sont devenus des devoirs morfondus, dans le
cercle des lampes. Elles ont des contours incer-
tains, brouillés, comme si tout devait se confondre
avant la fin du jour, les amours, les enfances.
Souvent, elles naissent et disparaissent à la même
seconde, et tremblent cependant de tout garder,
de tout savoir.

Soir d'été. Quai Montebello.

Un peu plus tard rue du Pot-de-Fer.

Coquelicot fariné

BIEN SÛR, on voit partout maintenant des magasins de bonbons où l'on se sert soi-même, avec une pelle en plastique, et on peut faire des mélanges ; ils sont tous au même prix, on fait peser le tout et puis voilà… Des magasins presque sanitaires, avec des carreaux blancs par terre et des murs peints en blanc, pour que les couleurs fluo des bonbons ressortent davantage…

Mais dans une rue de Paris, aussi sérieuse en apparence qu'une échoppe de serrurier ou de droguiste, se cache une boutique de bonbons sombre. On n'aurait pas vraiment envie d'y entrer s'il n'y avait à l'extérieur de grands bocaux transparents rangés derrière une baguette de cuivre. Des coquelicots, des berlingots, des pralines enrobées de sucre rose, et même des petits pois au lard !

Ah ! les coquelicots, les seuls bonbons qu'on ait jamais vus chez la tante Suzanne, pendant les vacances ! Elle en remplissait une bonbonnière de porcelaine sur le piano, et on avait droit à deux coquelicots par jour. C'est pour eux que l'on se décide à pousser la porte. Pénétrer dans la boutique si fraîche en plein été, voir la vieille dame au petit tablier de dentelle remplir si lentement le sac en papier blanc avec sa pelle de métal, puis prendre un autre sac pour les berlingots, les peser méticuleusement sur une vieille balance aux reflets dorés. En sortant sur le trottoir, on glisse un coquelicot dans sa bouche en fermant les yeux. Il y a d'abord la sensation farineuse de la poudre blanche, vite diluée, puis on retrouve l'idée du rouge, et cette saveur en demi-teinte, secrète comme l'ennui lointain d'un salon provincial, comme le charme un peu guindé d'une boutique sombre en plein Paris, avec ses grands bocaux à souvenirs.

Une eau-lumière

C'EST L'EAU DES BASSINS, des fontaines. L'eau du mercredi après-midi, quand les premiers soleils de mai mettent les enfants en nage, et qu'ils abandonnent le vélo jeté à terre ou le ballon de foot pour pencher la tête et boire en s'étranglant de désir, de plaisir. Ou bien ils recueillent au creux de leur main un long trait de lumière éclaboussante – mais toujours les pieds écartés pour ne pas s'embourber, pour ne pas s'arroser, toujours il faut que cet étanchement ait quelque chose d'inconfortable qui aiguise la soif avec une abondance un peu gâcheuse.

Place Saint-Sulpice, les évêques hiératiques protégés par des lions font de l'écoulement une sculpture hivernale, distante, on ose à peine plonger les mains dans le bassin. Au Palais-Royal, la violence des jets tire un feu d'artifice assourdissant. Mais il y a aussi les fontaines des petites places, des trottoirs, où les vagabonds s'ablutionnent, manches retroussées, la veste méticuleusement posée à côté sur le sol.

Paris de l'eau qui sourd, souvent solennelle et brutale dans son jaillissement, mais qui bientôt retombe et s'adoucit pour calmer, protéger. Tant de poussière blanche vole aux chaleurs étonnées. La ville a ses déserts pour inventer ses oasis, statues cracheuses impérieuses ou petits édicules biscornus, cariatides potelées, bassins flâneurs où tanguent des voiliers. Tout s'y reflète et rafraîchit, en miniature, au ralenti.

En service

O N REGARDAIT la cour pavée de cet hôtel privé coincé entre deux ministères. Mais le concierge sort à cet instant, l'aspirateur à la main, et va guetter on ne sait quoi au coin de la rue. Lui, il est en service, et l'on se sent aussitôt touriste, étranger, dérisoire, privilégié et nu : on n'est pas dans le cours des choses. Les livreurs désinvoltes-excédés garant leur véhicule à cheval sur le trottoir, les garçons de café fouillant dans la poche de leur gilet pour chercher la monnaie avec une irritation hautaine, les coursiers casqués virevoltant sur leur scooter, et même les contractuelles glissant leur procès-verbal sous l'essuie-glace : tous affichent dans l'accomplissement de leur tâche un petit air absent et affairé que l'on perçoit comme un reproche. Ce n'est pas le simple « moi je travaille », mais l'expression subtile d'une vérité qui nous exile : pour avoir vraiment sa place dans Paris, il faut se fondre dans une mission déguisée en contrainte, ne pas être là par hasard.

Mais musarder, goûter les atmosphères ? On le sent bien, c'est le livreur qui détient la vérité, car flâner à plein temps vide Paris de sa substance. Tout à l'heure, il arrêtera sa camionnette en double file pour siroter un petit noir serré, délicieux – en service.

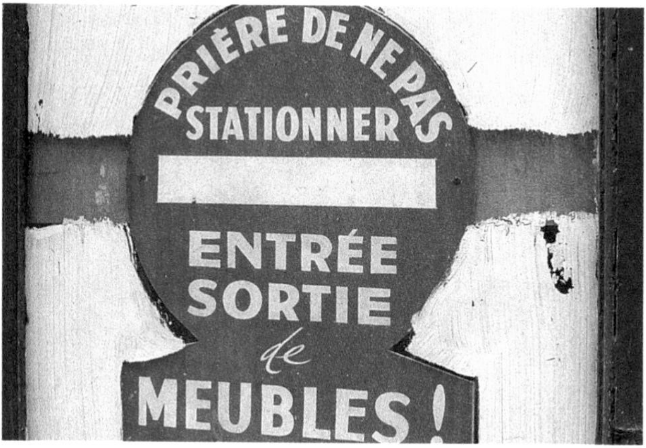
PRIÈRE DE NE PAS
STATIONNER
ENTRÉE
SORTIE
de
MEUBLES !

Bouillon du petit jour

LES IMMEUBLES se reflètent dans la vitrine de la brasserie. On voudrait qu'il fasse plus froid encore pour donner tout leur prix à ces volutes blanches peintes sur le verre, à ce poêlon de terre cuite prometteur de rondeurs brûlantes, à ces lettres surtout : SOUPE À L'OIGNON. Une telle emphase dans la publicité ne peut pas désigner une simple spécialité, à préférer au saucisson chaud-pommes à l'huile ou au petit salé-lentilles. Non, c'est à l'évidence un art de vivre qui vous est proposé là, en avance sur le destin.

Un jour vous aurez envie d'une vraie soupe à l'oignon. Très tard, sans doute, après une longue soirée d'errance, une histoire d'amour qui se prend un coup de blues avec la fatigue, un frisson le long du dos, ce n'est rien, juste un peu froid. La brasserie est-elle vraiment ouverte aux petites heures du jour ? On n'ose entrer pour poser la question, mais c'est sûrement ainsi qu'il faut déchiffrer cette voyante enluminure. Cela doit faire partie des rites qu'il ne faut pas interroger, au risque de se voir rabrouer, réduire au rôle infamant de béotien. Rien ne ferme jamais comme l'on croit, à l'idée de plaisir succède programmée la suite du plaisir, les fêtes et les défaites s'enchaînent, s'épuisent, et l'aube peut tout dissoudre ou ranimer. On flotte, on ne comprend rien. Seul le patron de la brasserie est au courant. Un petit matin vous attend. Une soupe à l'oignon.

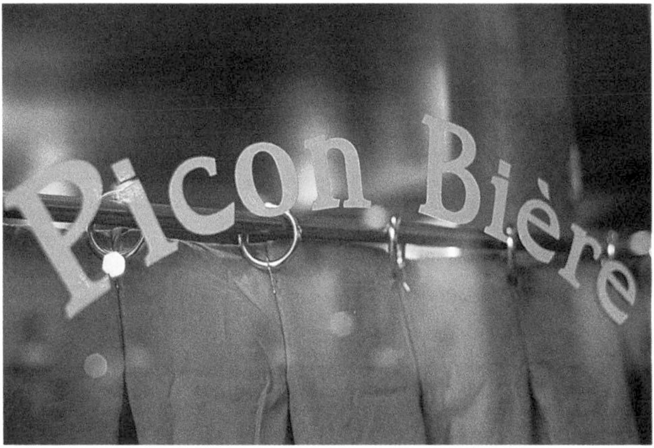
Picon Bière

Verrière et pas perdus

UN ENTRELACEMENT DE POUTRELLES, de pylônes. À travers les verrières filtre une lumière indécise, prudente, vouée à la déclinaison de tous les gris. On est dans la gare, et l'on n'investit jamais cet espace sans lui associer des bruits : la voix souvent confuse du speaker officiel, qu'un peu de mauvaise foi rapproche du borborygme inaudible des *Vacances de Monsieur Hulot* ; les crissements d'essieu ; les claquements des portières ; le ronron des moteurs ; et puis les pas, les pas… Tous ces destins qui jouent dans tous les gris : ceux qui vont de quelque part à quelqu'un, ceux qui quittent, ceux qui reviennent, ceux qui vont de nulle part à personne… En contrepoint, il faut bien sûr les quotidiens, ceux qui évoluent dans le décor sans lui prêter le moindre regard, soucieux seulement d'apostropher leurs compagnons de routine les plus familiers, de sauter en marche pour courir vers le métro.

Mais tous les autres, tous ceux qui jouent ne serait-ce qu'un infime quelque chose, tous ceux qui dépendent… J'ai un train à Saint-Lazare à 17 heures 22. Arrivée Trouville 19 heures 58… Tous ceux-là ont un regard pour les coursives de hangar, la frêle infrastructure presque abstraite, détachée de la ville, et bruissante pourtant de cette idée… Paris… Une buée de sons monte à l'assaut de la verrière, on ne voit pas le ciel, mais son reflet du côté cour, côté transit, attente, espoir ensommeillé, un sandwich montagnard, un Coca light… Et tous ces gens qui font la manche dans la salle des Pas perdus.

Une bulle en terrasse

« TU AS LE TEMPS de prendre un pot ? — Cinq minutes, alors. Il faut que je sois à Denfert-Rochereau à dix-neuf heures. »

Il n'y a pas eu de préméditation. Parmi tous les possibles, celui-là ne se refuse guère, on l'investit sans manières, presque à la sauvette. Mais il y a cette seconde où l'on s'arrête. Le regard court sur la terrasse, à la recherche d'une table libre. C'est drôle, on n'aurait pas cru la lumière si blonde, déjà si penchée. C'est peut-être le cannage des chaises, le métal doré qui encercle la petite table ronde. Vite, on reprend le cours de la parole, et les enfants ça va, qu'est-ce que tu prendras ? On aura ce haussement d'épaules qui signifie ça m'est égal, c'est juste pour parler un moment avec toi, un café, ou plutôt non, j'en ai déjà pris trois, un Schweppes, oui, c'est ça…

On fait le pressé, le malin, mais on le sent déjà : on n'a plus tout à fait le pouvoir. Le soleil de fin d'après-midi rappelle vaguement d'autres soleils, l'air a cette mollesse familière des fins d'été qui se prolongent à la rentrée. Bientôt, on n'habitera plus vraiment les mots ; on flottera presque engourdi dans quelques phrases toutes faites, et puis un claquement de langue infime – on goûtera le premier silence. Une bulle de temps où flottent lentement toutes les autres bulles. Terrasse de l'attente, des patiences… Il a plu ce matin, mais à présent la lumière de septembre est une éternité. On se sent bien et presque en faute, je vais devoir y aller.

10 septembre. Midi.

Passage Lhomme.

Matoises, les ardoises

« Bœuf à la moelle », « Vous pouvez goûter », « Un petit nectar des coteaux de l'Hérault »… Toutes ces ardoises écrites à la main, presque calligraphiées parfois, le plus souvent rédigées d'une dextre sans vergogne qui a écrasé de la craie comme elle écarterait toute objection, toute restriction trop audacieuses : derrière l'humilité de ces écrits conçus pour s'envoler, pour subir à brève échéance la honte du coup de torchon, la mouillure de l'éponge, se cache à peine une arrogance matoise, calculée. Elles vous regardent en face, ces ardoises des bars à vins, des bistros, des échoppes truculentes. Bien campées dans les vitrines, elles vous hèlent sans bouger – mais au-delà des mots, on croit y deviner un petit œil narquois, qui soupèse et provoque. C'est à peine de la réclame,

VOUS POUVEZ
DÉGUSTER
AVANT D'ACHETER
C'EST ASSEZ RARE!!
VOUS NE SEREZ NI

et surtout pas de la publicité : une façon de s'offrir sans perdre la face, de vanter ses charmes sans trousser le jupon.

« Moi j'ai du bon, mais si ça ne vous plaît pas, allez vous faire voir ailleurs ! » Voilà le vrai message à déchiffrer dans les effritements de craie. La fragilité de la forme se mêle à l'insolence du fond pour vous donner le sentiment d'une chance à saisir. On se sent presque méprisé, et puis surpris d'être choisi, et plutôt bien traité. Finaudes, les ardoises.

Désaffection

DES LETTRES QUI S'EFFACENT, qui s'effritent. Sièges, revêtements, plomberie, couverture, épicerie fine, cordonnerie. Parfois il faut deviner le début ou la fin. Souvent, on ne devine plus. L'ocre de la peinture s'est fondu dans le marronnâtre délavé de l'encadrement. Raisons sociales doucement pâlies au fil des vents, des pluies. Du vert à peine amande, tous les jaunes, beaucoup de gris, de blanc cassé, la poussière et la suie se mêlent à la peinture. On n'imagine pas vraiment des vies. Plutôt des gestes qui s'amenuisent, s'alentissent, se résignent à finir en buée vague, comme si une fatigue maladive leur était venue dans l'exercice d'un métier – bien avant qu'on se demande s'il y aura un jour à la place une devanture à néons, ou bien si l'on rasera tout pour construire un immeuble.

L'enjeu est là, dans cette alternative entre l'épuisement tranquille et l'attentat. Pourtant des résistants se manifestent, s'affichent sur les murs. Rue des Thermopyles on milite pour un artisanat de quartier. Aux Buttes-Chaumont, un comité se bat pour la réouverture du guignol. Mais l'énergie de ces justes requêtes rend plus implacable l'idée d'un mouvement vers le profit. Plus tard, les tueurs mêmes joueront la carte de la nostalgie en faisant visiter un trois-pièces tout neuf : « Vous savez, ici, c'était… »

Rideaux de fer baissés, barrières vermoulues, toiles d'araignée au coin des fenêtres, entre le c'est et le c'était, dans un imaginaire de la somnolence. Des chiens errants, des vieux qui sortent en pantoufles pour aller jusqu'au boulanger maintiennent le secret d'une réalité sous-marine, et toutes ces histoires étouffées… Pour qu'il y ait désaffection, il faut avoir aimé.

Le diadème perdu

LES REINES DE FRANCE sont si blanches, en arc de cercle, au Luxembourg. Elles tournent le dos à la rumeur du Boul'Mich et regardent les amoureux qui s'embrassent en contrebas, les adorateurs du soleil presque allongés sur les fauteuils vert pâle, entre les gazons symétriques – beaucoup ont quitté leurs chaussures. Aucune trace de réprobation sur le visage des statues, et pas davantage pour la silhouette de la tour Montparnasse.

Les reines de France sont bien, quand vient l'automne. Elles aiment ces rousseurs qui se décantent au-dessus de leur tête, et plus encore ces tons de feuilles ambre-terne au pied de leur socle. Des enfants slaloment entre leurs silhouettes faussement rigides, s'enfoncent à plaisir dans les feuilles entassées. Les reines

n'ignorent rien de ces ébats, mais elles regardent loin. Un peu hypocrites, elles se laissent pénétrer par tous les rites du jardin, les jeux et les baisers. Elles tiennent dignement les longs plis de leur robe dans la main, mais se laissent baigner par le soleil qui fléchit dès cinq heures. L'une d'elles a perdu son diadème, n'a gardé sur la tête qu'une couronne d'épines qui sublime son sourire, en fait la sainte du Luxembourg, heureuse et morfondue.

Comme les reines, il faut se taire au Luxembourg, s'imprégner de la marche lente des vieillards, des émiettements de pain pour les pigeons gloutons effarouchés, des foulées des coureurs légers. Devenir tout cela pour en sourire à l'infini, dans le papier froissé des marronniers placides.

Le bronze traversé

C'EST UN DESSIN FRAGILE, menacé par le premier nuage. Sur le sol de l'entrée déserte, il est à la fois le reflet fidèle et l'inverse absolu de la porte cochère. Il tremble un peu sur la pierre attiédie. Quand on pousse la porte si lourde, on le regarde à peine en passant, mais on fait un pas de côté pour ne pas le piétiner. Comme s'il y avait là un langage qui ne nous regardait plus, entre les ferrures ouvragées, séculaires, et la lumière singulière d'un jour nouveau – une gravité d'éternité qui prendrait plaisir à se laisser séduire par la fraîcheur d'une seconde.

Ce n'est qu'une entrée cochère dans un immeuble de Paris. Tant de matins ont apporté cette tremblante aquarelle de bronze traversé. Tant de pas sont passés là. Tant de pas ont fait ce petit détour pour ne pas écraser… quoi ?

Une dentelle de rien, un étrange tableau, à la fois si ancien et si complètement prisonnier du présent, soumis à l'humeur du soleil. Le vide des entrées d'immeuble est fait pour accueillir des secrets comme celui-là, des signes à déchiffrer quelques secondes sur la pierre. Au-delà des volutes, une arabesque frêle qui s'imprime en nous comme une joie légère, et la chance du jour.

Dans la lumière chaude

DÉJÀ LA FIN D'AUTOMNE, et l'arbre est presque nu, devant le MK2. On s'est arrêté au coin de l'avenue, pour traverser au feu. Mais le rouge est passé et l'on est resté là, planté sur le trottoir. Si l'on voulait, on pourrait accéder aux lumières froides, aux lumières blanches et bleues du cinéma. Bien sûr, il y a des rites à respecter, le guichet, le ticket, il y a des vies à pénétrer sur l'écran plat. C'est encore de l'anonymat, une vie collective encadrée au néon, 48 francs pour un embarquement furtif, le choix entre cinq films, mais aucun d'eux ne nous attend.

C'est au-dessus que la lumière appelle. Dans les appartements ambrés, croisillons des fenêtres et plafonds hauts. Une silhouette passe, au second, indifférente au regard de la rue. Indifférente ? Dans le naturel de ses gestes passe une

imperceptible affectation, la conscience d'appartenir aux lampes basses, au safran du sofa, au
blanc crémeux de la bibliothèque. D'appartenir
de bien plus loin au néon froid du MK2,
à la banalité des sensations américaines.
D'appartenir au flot de l'avenue. Une silhouette
passe et repasse à l'écart des fenêtres, donne un
peu de sa lumière et puis ne passe plus. On ne
lui parlera jamais. C'est dans un autre monde.
Il faudrait connaître le code.

Une fête masquée

C'EST L'IRRUPTION qui compte, la méta-
morphose. Il n'y avait que quelques
trous disséminés sur le sol, on n'y prêtait guère
attention. Et puis voilà. On y a planté des
piquets, tendu des bâches, et c'est le marché,
rumeur, effervescence, éclats de voix débon-
naires. C'est le marché, l'instant jaune pulpeux
des cerises Napoléon, le sang profond des bigar-
reaux, le rose sombre du saumon, le rose pâle
des crevettes. C'est le marché, présent fragile à
emballer dans le sac un peu rêche de papier
brun, dessins de fruits et de légumes rouges et
verts – on est encore dans les années cinquante.
Le bonnet tricoté de l'Algérien, la poussette
à carreaux écossais de la concierge se croisent
sans effort entre les ananas sculptés, les filets de
julienne. On ne voit pas ailleurs ces cartes à

jouer mi-gaufrettes mi-nougats, ces macarons ornés d'une cerise, ces poissons à la confiture. Juste à côté, le charcutier hèle les chalands, l'oignon rissole et le fumet des andouillettes se répand.

Il est onze heures du matin et l'on a faim, faim de cette cour d'école pour les grands, faim de cette profusion-saltimbanque qui va s'éclipser en un tournemain. On regarde, on compare, on soupèse, et les cageots s'entassent de guingois. C'est du sérieux pour le plaisir, une fête masquée qui abolit le gris des jours.

5 novembre. Trois heures quinze.

Rue des Cascades.

Au Virage Lepic

« AU PREMIER, juste au-dessus de la boutique Au Virage Lepic ! »

Il avait voulu passer là sans qu'elle le voie, dans ce quartier qu'il ne connaissait pas. La rue en pente, populaire, effervescente, un peu vertigineuse quand on regarde juste au-dessus, sans accorder d'importance à tout ce qui vous frôle. Il ne s'attendait pas à voir se détacher si nettement les lettres AU VIRAGE LEPIC. Tout de suite, quelque chose s'était incarné là, dans le vert profond du store. Le numéro de téléphone n'était pas le sien, bien sûr, mais il commençait aussi par 42, et d'une certaine manière elle était là, dans ces chiffres tournant autour d'elle, dans ces lettres dorées qui semblaient moins faire la publicité d'une épicerie que donner un écho à des rêves encore vagues, cristallisés soudain dans une évidence potagère, au-dessus des tomates en grappe, des artichauts de Bretagne, des cerises à l'étal. Au premier, la fenêtre demeurait entrouverte, et c'était comme un battement de cœur, ce risque qu'elle apparaisse, cette peur et ce désir qu'elle apparaisse. Surtout, ne pas se faire voir.

Un vert pour être heureux, pour être triste ? Il ne le saurait que bien plus tard, et c'était bon de sentir simplement s'imprimer en soi cette couleur profonde au soleil chaud. Il y aurait des pluies, des saisons, des attentes. Au Virage Lepic. Les mots perdraient leur verve gouailleuse, et sous leur bonhomie parigote accueilleraient tout un pan de sa vie, à l'angle de la rue. Il acheta une livre de cœurs de pigeon. Ce sera tout pour aujourd'hui.

Chauffragettes

CHAMPIGNONS ÉTRANGES, au chapeau maigrelet, un peu de guingois parfois, ils sont devenus des silhouettes familières, sans prétention, d'une fonctionnalité sympathique. On ne sait même pas leur nom : radiateur, convecteur, calorifère ? Leur côté vieille dame à coiffe, leur militantisme en faveur du dehors-à-tout-va leur vaudrait bien celui de chauffragette. Entre eux, les serveurs et les patrons doivent les enfermer dans un vocable : as-tu éteint les … ?

Dans la tradition du matériel parisien bistrotier, ils se sont inscrits sans effort, en dépit d'une esthétique discutable – ce sont des métaphores, incarnations techniques d'un désir. Davantage de Paris, de l'été jusqu'en décembre, au printemps dès janvier, voilà ce qu'ils réclament. Davantage de rumeur, de vraie vie, davantage de moments volés au temps, dégustés dans la marge des choses. Sous le vert le plus tendre des marronniers, sous les parasols orangés, le printemps frisquet se décline en terrasse.

Ce toujours plus pourrait irriter, confirmer une propension de l'époque à refuser le cycle des saisons. Mais il ne s'agit pas ici de manger en avril des fraises insipides poussées sous voile de plastique. Les champignons-calorifères ne dénaturent pas le jour. Ils inventent d'autres climats, petits plats savourés à l'angle de la rue de Buci au début de novembre. Oui, c'est encore meilleur à la fin, quand le temps du plaisir semblait révolu. Cela n'empêche pas l'automne : c'est même davantage automne avant, après, quand on ouvre la parenthèse d'une bulle d'été au pied d'un champignon. Il fait si chaud dans la lumière, sous l'auvent, à quelques mètres de la pluie glaciale.

Papier-mémoire

DES RELIURES NERVURÉES, titres dorés à l'or fin, des bandes dessinées, des cartes postales, des gravures, des affiches, des magazines, des chromos – rien d'actuel. C'est le monde léger de la mémoire qui s'offre un peu partout, sur les quais, sur les places, et sous les bâches quelquefois, les jours de pluie. Des feuilles qui attendent, du papier tranquille, sûr de son pouvoir : chaque page trouvera son chaland – ah ! oui, je lisais cet album quand j'allais chez ma grand-mère à Bougival ; tiens, les inondations devant l'immeuble de l'oncle Henri ; pour Pierre, il a tous les Bicot, mais celui-là, pourtant, non, je ne crois pas…

Des pages, des images qu'on ne cherche pas mais qui vous hèlent doucement quand on fouille au hasard, le dos courbé sous le soleil.

Des rencontres un peu magiques, mais faciles aussi, et pas complètement singulières : si on ne trouve pas, quelqu'un d'autre passera, porteur d'une autre piste qui le mènera à la même partition de Trenet, au même jeu de l'oie qui vous auraient parlé. On a les mêmes souvenirs, mais pas ensemble. Avec une digne désinvolture, regard ailleurs, une cigarette à la main, les bouquinistes entretiennent ce côtoiement, cette contiguïté. Ils répandent dans l'air des atomes de familiarités croisées, l'idée légère d'une rencontre possible qui se transformera en retrouvailles avec soi-même – chaque homme reste une presqu'île dans les silences du papier.

Métro-soleil

ÉTRO AÉRIEN : c'est une antithèse, un univers paradoxal où la ville à l'envers se révèle. Métro : ce qui avait pour essence de se tenir enfoui, tapi dans l'ombre humide, vient jouer sans vergogne dans le soleil. Quelques tronçons éparpillés, éclats d'insolence légère, histoire de plonger le regard au creux des appartements chics ou populaires, le temps d'apercevoir ce que les autres ne cachent pas, mais qu'on emporte quand même comme une image dérobée, secrète.

À Cambronne, au début du printemps, les gros boulons rivés sur les travées du pont vont parler au feuillage. La gare déploie ses escaliers fermés, verre dépoli, structures d'acier d'une austérité presque élégante : c'est de l'urbain théâtral, grandiloquent. Les figurants sont

appelés à s'écouler dans un anonymat fermé,
c'est le décor qui compte. Mais il y a ce carreau
cassé, près de la rampe : un puits de lumière
vient s'inventer là, un désir d'arbre, de terrasse
en contrebas. La liberté du jour est si neuve et si
belle, aux bords déchiquetés de la brisure.

En abyme

PARIS SE REGARDE. Sur tous les présentoirs de cartes postales, Paris se cherche dans sa propre image, amusé, étonné de si peu se reconnaître. Les touristes font défiler les photos cernées de blanc. Ils ont leur goût, ou bien celui de leur destinataire, souvent le même, hélas, et poussent un soupir de satisfaction – eh bien voilà, celle-là sera très bien pour Jacqueline ; ou l'équivalent avec l'accent texan. Par-dessus leur épaule, Paris fait la moue, un peu flatté quand même d'être partout décliné, reproduit, prolongé en abyme, de voir surgir une vie arrêtée qui ne lui semble pas la sienne.

L'aspect guindé, figé, parfois luxurieusement kitsch des clichés l'amuserait plutôt. Ce qui le gêne davantage, ce sont les photos qui prétendent lui voler un peu de son âme : le populaire mis en scène dans des quartiers aux poubelles débordantes, les volées d'escalier où des gosses à casquette jouent avec presque trop d'entrain – comment peuvent-ils avoir oublié à ce point l'objectif du photographe ? Et puis les amoureux des bords de Seine en noir et blanc.

Bien sûr, Paris se sent davantage approché par ces regards-là. Bien sûr, c'est presque ça. Mais presque, et Paris n'aime pas ce presque-là. Cette idée toute faite de sa poésie. Paris ne se sent pas poétique. Paris se regarde juste pour sourire, en se disant qu'aucun regard ne le possède, parce qu'il est vivant. Paris ne sera jamais Paris.

Un jour. Quelque part.

TABLE

Achevé d'imprimer en Italie

sur les presses de l'imprimerie « La Tipografica Varese » à Varese

en février 2004.

Adaptation graphique.

davidpaire.**com**

Dépôt légal éditeur : 43839 - 02/2004

Édition 1

ISBN : 2-253-07259-1